MARC BONNEFOY

LA DÉLIVRANCE DES PEUPLES

14 JUILLET 1789

Poème dédié à Henri de Lacretelle

PRIX : 50 CENTIMES

PARIS
G. FISCHBACHER, ÉDITEUR
33, RUE DE SEINE, 33

LA DÉLIVRANCE DES PEUPLES

Royan. — Imprimerie Victor Billaud

MARC BONNEJOY

LA DÉLIVRANCE DES PEUPLES

14 JUILLET 1789

Poème dédié à Henri de Lacretelle

PARIS
G. FISCHBACHER, ÉDITEUR
33, RUE DE SEINE, 33

LA DÉLIVRANCE DES PEUPLES

(14 JUILLET 1789)

I

Durant ce bon vieux temps que l'ignorance vante,
Dans ces siècles remplis de haine et d'épouvante,
La France était un bagne, où, pour l'opprobre né,
Le peuple gémissait, éternel condamné.
Et, lasse, de souffrir, si la foule victime
Exhalait vers le ciel sa plainte légitime,
Du trône, de l'autel, du donjon, à la fois
Sur sa tête éclataient de menaçantes voix :

LE NOBLE

Vilain, c'est moi qui suis ton maître :
Me servir, tel est ton devoir.
Au lieu de geindre il faut savoir

A mes caprices te soumettre.
Je suis l'arbitre de ton sort ;
Et sur ta race dégradée,
La puissance m'est accordée
Jusqu'au droit de vie et de mort !
Abject manant, Jacques Bonhomme,
Qu'avec dégoût ma lèvre nomme,
Qu'es-tu donc pour te plaindre ? Rien !
Je te possède corps et bien.
Je puis avoir pour agréable
De t'écraser, ô misérable,
Sans que nul se mette en souci
Du serf taillable et corvéable
A merci !

Baisse la tête, vile engeance
Baisse-toi sur ton dur sillon :
Terrible serait ma vengeance
A la moindre rebellion.
Tâche d'être soumis et souple :
Comme ton père se courbait,
Courbe-toi, sinon je t'accouple

Au gibet.

La chose aurait peu d'importance :
Donc, ne fais pas de résistance,
Rustre, ou ta carcasse en lambeaux
Attirera vers la potence
Les corbeaux !

LE PRÊTRE

Je suis l'élu du ciel, je suis son mandataire,
Et voici ce que Dieu par ma bouche vous dit :
« Que le peuple obéisse aux puissants de la terre
« Et que tout révolté soit à jamais maudit !
« Surtout respect au prêtre, à cet homme suprême
« Devant qui les plus grands doivent s'humilier ;
« Au prêtre qui pardonne ou tient sous l'anathème
« Et peut seul à son gré lier ou délier... »
Donc, peuple, il m'appartient de régler ta croyance,
De brider les écarts de ta folle raison :
L'Eglise est le salut, l'Eglise est la science ;
Tout autre enseignement que le sien est poison.

Malheur au novateur et malheur à l'impie !
A qui veut s'élever au-dessus de son sort !
A quiconque s'écrie en un jaloux transport :
« Je souffre : dites-moi quelle faute j'expie ! »
La résignation est le premier devoir,
Car Dieu même à chacun marque ici-bas sa place,
Et parmi les humains il fit plus d'une classe :
Aux uns l'obéissance, aux autres le pouvoir.
Serf ou manant, ton rôle est de payer la dîme,
— C'est un impôt sacré, c'est le plus légitime, —
D'être soumis au maître à qui tu dois ta foi,
D'avoir un saint respect pour l'Eglise et pour moi.
Ainsi, tu peux gagner le paradis, peut-être.
Sinon, au noir cachot, au bûcher condamné,
Le bourreau punira ta résistance, traître,
Et tu seras damné !...

LE ROI

Je suis le roi, sacré dès ma naissance.
Je suis le roi, prince et maître en tout lieu.
Je suis le roi : j'ai la toute-puissance.

Je suis le roi, presque l'égal de Dieu!
Il faut que devant moi chacun s'anéantisse ;
La loi n'est que ma volonté.
Mon bon plaisir est la justice :
Il n'est pas d'autre autorité.
Moi, puis mes courtisans, voilà toute la France:
Le reste est un troupeau que je puis échanger,
Donner, vendre, à ma préférence,
Tondre et même égorger!
Oui, le royaume est mon domaine,
Et mes sujets sont un troupeau
Qu'à mon gré je pousse et je mène,
Qui m'appartient jusqu'à la peau !..
Ainsi, peuple, tu dois tes sueurs et tes peines
A notre Auguste Majesté.
Tu dois tout endurer, tu dois tarir tes veines,
Sans être avec elle acquitté.
Si je crois ton sang utile à ma gloire,
S'il me faut tes os pour mon piédestal,
Donne-les sans murmure et garde-toi de croire
Que je puisse abuser de mon pouvoir royal.

Pour dompter les esprits rebelles,
J'ai de massives citadelles,
Des prisons aux épais barreaux,
Des tortures et des bourreaux.
Manants, craignez la muselière
Courbez-vous, pénétrés de respect et d'effroi ;
Je puis vous écraser comme une fourmilière :
Je suis le Roi !...

Les Jacques se laissaient outrager et maudire,
Et les siècles passaient, prolongeant leur martyre :
Ces tristes parias, pendant douze cents ans,
Sur leur lit de douleur furent agonisants.
La caste noble en vain devenait lâche, infâme !
Les prélats ne croyaient pas plus en Dieu qu'en l'âme !
Les princes avilis, dans leurs ignobles goûts,
Transformaient leurs palais en de vastes égoûts.
N'importe ! duc, abbé, roi, criaient : Sacrilége !
Si l'on osait troubler leur moindre privilége.
Et le peuple, toujours au joug de fer lié,
Gémissait en tremblant, sous son fardeau plié :

VOIX DU PEUPLE

— Pitié, mon Dieu, pitié ! quelle horrible existence !
Toujours souffrir, gémir : est-ce donc ta sentence ?
Et dois-je supporter sans trêve ni repos
La haine, le mépris, l'insulte à tout propos !
Pitié, mon Dieu ! quel crime ai-je commis pour naître ?
Pitié, le désespoir m'envahit, me pénètre.
Je consume ma vie en efforts douloureux ;
Par grâce, un peu de paix, je suis trop malheureux !
Au lieu de compâtir à mon sort implacable,
Tout est mon ennemi ; tout à la fois m'accable :
Le seigneur, l'intendant et le fisc abhorré,
Et la gabelle infâme, et même le curé !
Je laboure le sol sans relâche, — et la terre,
Que ma sueur de sang féconde, désaltère,
Ne produit pas pour moi même un morceau de pain.
Non, ma famille pleure en s'écriant : « J'ai faim. »
Notre cabane est morne et n'a ni lit ni table :
Nous devons manger l'herbe et coucher à l'étable,
Pourrir dans le fumier, être rongé des vers,

Ou bien périr de froid pendant les durs hivers !
Ah ! nous sommes à bout de force et de courage.
L'excès des maux nous pousse à des excès de rage.
Le ciel reste impassible à nos cris, à nos pleurs :
Sommes-nous destinés à d'éternels malheurs ?
Faudra-t-il que le sort sur nous s'appesantisse
Toujours ? Quand donc luira notre jour de justice ?...

II

Peuple asservi, ton jour est enfin arrivé ;
Et c'est pourquoi Paris, océan soulevé,
Mer humaine, poussant ses flots de rue en rue,
A l'assaut du passé, tumultueux se rue.
Le passé, voyez-le debout à l'horizon :
C'est cette gigantesque et terrible prison,
La Bastille, un amas de tours hautes et sombres.
Elle écrase Paris de ses sinistres ombres !
Avec ses murs, de sang et de larmes souillés,
Ses affreux souterrains, lourdement verrouillés,
Ses geôliers, ses bourreaux, complices des ténèbres,
Ses martyrs enfouis dans des cachots funèbres,
Son appareil horrible, implacable et glacé,

La Bastille est vraiment l'emblême du passé !
La Monarchie en fait son repaire, son antre ;
Et c'est sur elle aussi que le peuple concentre
Sa haine séculaire et juste. Il a compris
Qu'il sera délivré si ce colosse est pris ;
Que vaincre, renverser l'énorme forteresse,
C'est secouer le joug douloureux qui l'oppresse,
C'est frapper à la fois tous ses cruels tyrans :
Rois, évêques, barons, les petits et les grands !
Tous ces hommes vautours, tous ces hommes de proie
Qui des gémissements du faible font leur joie,
Et veulent, écrasant la Justice en son œuf,
Tuer la Liberté, née en quatre-vingt-neuf !

— Voilà pourquoi le peuple assiége la Bastille !
Dans cette lutte il forme une seule famille,
Que l'iniquité pousse à l'insurrection,
Et dont les combattants s'appellent : Nation.
N'est-ce pas le vrai nom de cette foule immense
Qu'agite une héroïque et sublime démence ?
De cette multitude où bourgeois, artisan,

Le fils de l'ouvrier, le fils du paysan,
Tous ceux qu'en cet effort l'oppression rassemble,
Battent d'un même cœur et respirent ensemble ?
N'est-ce pas le vrai nom de tous ces révoltés
Par d'antiques abus ardemment irrités ?
N'est-ce pas le vrai nom de la mêlée énorme,
Où l'on voit s'enlacer la blouse et l'uniforme,
Et d'où doivent surgir ces soldats généraux,
Les Marceau, les Kléber, purs et dignes héros ?
Opprimés, marchez donc à votre délivrance,
Vous êtes le vrai peuple et vous êtes la France !

— Mais dans ce grand duel quelles armes ont-ils ?
Des vieux fusils rouillés, des piques, des outils ;
Cela suffit : la mort leur devient familière.
La Bastille les voit comme une fourmilière,
Comme des moucherons autour d'un éléphant :
Fossés, pont-levis, murs, barreaux, tout la défend ;
Sa garnison fidèle et son artillerie.
Le peuple, lui, n'a rien. N'importe ! en sa furie,
Il étreint le colosse, et dans ce flot vivant

Pas un qui ne s'efforce à se placer devant !
Qui meut, qui pousse donc cette innombrable masse,
Pour qu'auprès de ces tours d'instinct elle s'amasse ?
C'est une ardente foi : chacun est convaincu
Que l'odieux passé sans retour a vécu.
Une voix leur a dit à tous à la même heure :
« Marche ! Il faut aujourd'hui que l'ancien monde meure,
» Que la Bastille tombe aux efforts de vos bras.
» Peuple, ton jour a lui. Va, frappe : tu vaincras ! »
Oui, c'est une foi vive et neuve qui t'entraîne,
Fougueuse nation ; mais c'est aussi la haine :
Les Jacques, tes aïeux, dolents t'ont apparu,
Et dans ton âme émue un frisson a couru.
A l'aspect de leurs maux, de leurs ignominies,
Ta colère a compté leurs larmes infinies,
Et les fils ont jugé ces longs siècles de fer,
Ce régime qui fut pour les pères l'enfer !
Ce régime, un seul mot le résume : Famine !
En son désir vengeur la foule l'abomine,
Et, pour l'ensevelir sous le passé sanglant,
Vers l'affreuse Bastille elle a pris son élan !

Au-devant de la mort elle se précipite.
Dans ses rangs pas de chefs, tous soldats ; nul n'hésite
A courir, à bondir au périlleux endroit.
Pas de chefs ; pour drapeaux la Justice, le Droit ;
Et comme inspirateurs de ce peuple cratère,
Ces deux esprits soleils, Jean-Jacques et Voltaire !...

— La Bastille pourtant fait feu de toutes parts.
Les Suisses, abrités derrière les remparts,
Combattent sans danger et massacrent la foule ;
Mais le sang généreux qui de ses flancs s'écoule,
Excite son courage au lieu de l'amoindrir.
Chaque assiégeant le sait : il faut vaincre ou mourir !
Il faut les écraser, ces terribles murailles,
Ou s'en faire écraser, splendides funérailles !
Peuple, il faut accomplir ta tâche jusqu'au bout :
Tu resteras courbé si ces murs sont debout.
En avant ! en avant ! pas un seul qui faiblisse ;
Des blessés, des tués, que le fossé s'emplisse ;
Après l'effort suprême on comptera les morts !
En avant !... Mais voyez ! est-ce peur ou remords ?

La Bastille se trouble aux haines qui l'étreignent.
Est-ce l'horreur de tous que ses défenseurs craignent,
Et dans les grincements des funèbres tocsins
Entendent-ils ces mots : assassins ! assassins !...
Oui, ce lâche carnage épouvante leur âme :
Ils ne protégent plus la forteresse infâme ;
Ils en livrent la porte,.. et la foule en courroux
A flots pressés s'y rue, en brise les verroux !
Une clameur s'élève, un hymne de victoire
Dont l'écho formidable étonnera l'Histoire :
« La Bastille est conquise ! » et Paris transporté
S'embrasse en s'écriant : Vive la Liberté !...

III

Ce cri triomphateur, fait de sang et de poudre,
Remplit l'Europe entière, aussi prompt que la foudre,
Les forts, les oppresseurs en furent alarmés.
Mais les faibles, martyrs de lois inexorables,
Les serfs de tous pays, les gueux, les misérables,
Se sentirent moins opprimés.

Car, c'était du Passé tuer la sentinelle.

C'était ouvrir les Temps, promesse solennelle
D'un meilleur avenir à toute nation.
C'était faire aux bourreaux des effrois légitimes,
En préparant leur chute, en donnant aux victimes
L'espoir de la Rédemption.

Oui, ce coup dont tremblait l'antique tyrannie,
Relevait les vilains dans leur ignominie :
De leur chaîne il semblait qu'un anneau fût brisé.
Comme vers les vainqueurs leurs âmes s'élancèrent !
Comme tous les maudits vers la France dressèrent
Leur front si longtemps méprisé !

Tous ceux qui gémissaient dans d'iniques Bastilles,
Tous ceux qui se tordaient sous d'oppressives grilles,
Tous ceux qui se courbaient sous un joug inhumain,
Tous ceux qui subissaient des douleurs arbitraires,
Aux vainqueurs de Paris, leurs héroïques frères,
Reconnaissants, tendaient la main !...

Pour les autres c'était l'espoir ; mais pour la France
C'était bien plus encor : c'était la délivrance,
Que ce suprême jour du Quatorze Juillet !

Pour la première fois, dans sa nuit désolante,
Pour la première fois, dans son ombre sanglante,
L'étoile du Peuple brillait.

Les Dieux de la raison allaient enfin paraître.
Débarrassé du trône et délivré du prêtre,
On mettait sur l'autel la Justice et le Droit.
Devant eux s'écroulaient ces Dieux du moyen-âge,
Ces féroces Molochs, affamés de carnage,
Monstres auxquels l'ignorant croit !

Nul n'était désormais la chose de personne :
Plus de serf qu'un seigneur ou torture ou rançonne.
Rien que des citoyens pouvant tous dire : moi !
Le peuple avait conquis l'égalité civile :
Plus de caste sacrée et plus de race vile ;
Un seul maître pour tous, la Loi !...

—Aussi, pour honorer les vainqueurs, nous qui sommes
Les fils libres, heureux, des Jacques, de ces hommes
Dont cet ancien régime avait fait un troupeau ;
Nous dont le cœur saigna souvent de leur misère,
Du jour libérateur fêtons l'anniversaire ;

Car il n'en est pas de plus beau !

Fêtons-le, ce grand jour d'éclatante victoire.
Célébrons-le bien haut. Proclamons-en l'histoire,
Pour en glorifier l'éternel souvenir.
Achevons son triomphe et jurons par nos pères,
Qui nous ont préparé des destins plus prospères,
De fertiliser l'avenir.

Afin de hâter l'heure où partout resplendisse
Cet astre pâle encor : le soleil de justice ;
Que la terre n'ait plus que des nations sœurs ;
Que l'amour éteignant la guerre avec la haine
Il ne soit plus enfin dans la famille humaine
Ni d'opprimés, ni d'oppresseurs !

Notre ardente espérance alors sera remplie.
La Révolution, dignement accomplie,
Règnera forte et douce avec la Vérité.
Au Quatorze Juillet tous les peuples du monde
Fêteront, réunis dans une paix féconde,
Cette ère de la Liberté !

A LA MÊME LIBRAIRIE

DU MÊME AUTEUR

LA FRANCE HÉROIQUE

POÊMES PATRIOTIQUES

Un volume in-18 Jésus. — Prix : 3 Fr.

FANTAISIES POÉTIQUES

D'UN OFFICIER

Un volume (Deuxième Edition). — Prix : 2 Fr.

Royan. — Imprimerie Victor Billaud.

www.ingramcontent.com/pod-product-compliance
Ingram Content Group UK Ltd.
Pitfield, Milton Keynes, MK11 3LW, UK
UKHW020547230726
13925UKWH00006B/2446

9 782019 232993